Cristo Me Ama

Libro de Colorear

Ilustrado por Nancy Munger

La compra de este libro le da los derechos para hacer copias del contenido para usar en la sala de clases.
Aviso: Es ilegal hacer copias para la reventa. El permiso para hacer copias es solamente para el uso privado.

Warner Press Kids
educate • nurture • inspire
www.warnerpress.org

Cristo me ama, bien lo sé.

Jesus loves me, this I know,

Su Palabra me hace ver;

For the Bible tells me so;

Que los niños son de aquel,

Little ones to Him belong,

Quien es nuestro amigo fiel.

They are weak but He is strong.

Cristo me ama, si soy bueno

Jesus loves me when I'm good ...

Cuando ayudo a mi mamá.

When I do the things I should.

¡Cristo me ama, si soy malo,

Jesus loves me when I'm bad,

aunque se pone triste!

though it makes Him oh, so sad!

Cristo me ama, pues murió,

Jesus, take this heart of mine,

Y el cielo me abrió;

Make it pure and wholly Thine;

El mis culpas quitará,

On the cross You died for me,

Y la entrada me dará.

I will try to live for Thee.

Cristo me ama, es verdad.
Y me cuida en su bondad;

Jesus loves me. He will stay Close beside me all the way.

Cuando muero, bien lo sé, Viviré allá con Él.

If I love Him when I die He will take me home on high.

¡Cristo me ama! ¡Cristo me ama!
¡Cristo me ama! La Biblia dice así.

Yes, Jesus loves me! Yes, Jesus loves me! Yes, Jesus loves me! The Bible tells me so.

Dejad los niños venir a mi, y no se lo impidáis; porque de los tales es el reino de Dios. Marcos 10:14

Let the little children come to me, and do not hinder them, for the kingdom of God belongs to such as these. Mark 10:14-16 (NIV)